KB274874

파파야 꽃이 피었다

천치엔우 시집
陳千武

김 상 호 옮김

서문당

아시아 현대 시인선을 펴내며

　　아시아 시인들 상호간의 우의와 결속을 다지고 작품교류를 도모한지도 어언 15년의 세월이 흘렀습니다. 그동안 우리는 7권의 「아시아 현대시집」과 5회에 걸쳐 「아시아 시인회의」를 개최한 바 있습니다.

　　이제부터 시리즈로 출간되는 「아시아 현대시인선」은 이러한 업적의 연장선상에서 이루어지는 것으로 지금까지의 포괄적인 성과를 지양한 개별적인 업적을 추적해 보려는데 그 의의가 있다 하겠습니다.

　　이 시인선에 픽업되는 대상은 아시아 시인회의 주최국이 되어 온 한, 중(대만), 일 3국의 주요시인과 아시아 각국의 빛나는 시인들을 번역상의 장애가 없는 한도내에서 고루 망라하게 될 것입니다. 이 시도가 아시아 현대시의 발전적 전기가 되기를 바라는 마음 간절합니다.

아시아현대시인선　간행위원회

파·파·야·꽃·이·피·었·다·차·례

I

Ⅱ

III

IV

V

파파야꽃이 피었다

I

연꽃

씹는다

Affair

나는 바람에 나부끼는 풀을 응시한다

데리고 온다

뿌리는 깊이

아니야 아니야

돈의 발

풍경

상처입은 말

연 꽃

어차피 진흙 속에서 태어났지요
아아 아무도
그런 눈으로 저를 쳐다보지 마시길……

결백하다니 그건
제 겉모양의 허영일 뿐
즐겁다니 단지
분수에 목욕하는 한 때일 뿐

물보라로 무지개가 걸린다
작은 무지개는 내가 찾고 있는 허깨비
무지개가 사라지면 내 세계도 사라진다
─당신은 잘 알고 있을 텐데

진흙 속에서 돋아나 퍼지는 나의 모체
계절이 바뀌어 시들해져서
진흙 속에 돌아가지 않으면 안되는 나

―당신은 잘 알고 있을 텐데

잠시 동안의 꽃의 아름다움을 찬미한다
하지만 제발
그런 눈으로 저를 쳐다보지 마시길……

씹는다

아랫턱과 윗턱을 붙였다가 뗀다 유연히
이런 동작을 쉼없이 반복한다 반복한다
이빨과 이빨 사이에 찌꺼기가 낀다(이것을 씹는
다고 한다)
— 그다 아주 능숙하게 씹는 그 씹는 것만이 아
니라 미각 신경도 참으로 예민 그 자체인 그

태어난 지 얼마 안되는 아직 구린내도 나지 않는
새앙쥐
혹은 튀긴 지렁이
혹은 일부러 구더기를 썩은 돼지고기에 길러서
돼지고기의 자양분을 흡수한 그 구더기를 기름에
튀겨……

혹은 도끼로 원숭이 머리통을 빠개어
아직 꿈틀대고 있는 뇌수를……

— 그런 유별난 것을 먹기를 좋아하는 그

아랫턱을 윗턱에 붙였다가 뗀다 — 이런
우아한 동작을 쉼없이 반복하는 그
즐겨 구린내 나는 두부를 먹고 주어진 예민한 미
각과 쾌적하게
씹는 동작을 자랑삼는 그
앉은 채로 5천년의 역사와 유산의 알짜를 먹어치
우고
앉은 채로 온 세계 동물을 먹어치우고도 더욱 탐
욕스런 그
근대 사상에서
마침내 스스로의 게으름을 먹기 시작했다

Affair

소낙비가 쓸어간 땅바닥의
맑고 싸늘한 웅덩이에
얼비치는 건
무수히 찢긴
나이테의 고요함

나이테의 그림 무늬는
아주 천천히
숱한 웅덩이를 받아들이고
찢긴 역사 교재 위에서
다시금 조용히 부활해 간다

나는 바람에 나부끼는 풀을 응시한다

풀잎이 나부끼면
다정한 내 마음도 나부낀다

비밀을 간직하지 않은 나는
채색된 이미지에
어리둥절하고 혹은 끄덕인다
하지만 채색된 그림자가 무슨 뜻으로
소용돌이치고 있는지 나는 모른다

무슨 뜻으로
어떤 지혜와 미래의 꿈이 있는지?
나는 한간 채색이 안된 볏짚 오두막에 갇히어
번득이는 희망을 보았다
나는 애써 갇힌 창을 부수어 열고
호흡을 가다듬어
희망의 빛이 다하지 않기를 바랬다

풀잎이 나부껴도
나의 다정한 마음은 이제 나부끼지 않는다

데리고 온다

이 세상을 통제하고 있는 것은
사람이 아니다
소다
느슨한 세 마리 물소이다
한 마리는 좌익이고
한 마리는 우익이고
한 가운데 한 마리는 읽을 줄도 쓸 줄도 모른다
읽을 줄도 쓸 줄도 모르는 물소는
미쳐 날뛰기 쉽다
곧잘 사람을
어떻게도 할 수 없는 사막으로
데리고 가려 한다

이 세상을 통제하고 있는 것은
사람이다
물소 코를 꿴 고삐를

단단히 잡고 있는 사람은
放牧의 왕자

배 불러 자고 싶어하는 물소
사상을 들판에 흘리고 온 물소
진작 저항을 잊어버린 물소를
우리집 소의 울에
데리고 온다
내일의 평화를 갈기 위해
물소를 데리고 온다

뿌리는 깊이

발이 있기 때문에
늘 헤매다니지 않으면 안된다
뿌리가 없기 때문에
흙의 따스함을 모른다
타관에서 타관으로
헤매다닌 어른들
구름처럼 뽐내고 있는 어른들

교활하고 불행한
두 발의 짐승
자유로이 이동할 때마다
뿌리에 집착한다
우리들을 불쌍히 여기고
현지의 아름다운 뿌리에 얽매인
우리들을 비웃는다.

하지만
후회와 깨달음 속에 구속되어 있다
뿌리는 깊이
깊이 생각을 뻗어
묵묵히 삶을 영위하고

가지와 잎을 무성케 하며
흙의 따스함을 감싸고 있다
구름의 흉내를 내지 않는다
은하에 오르려는 꿈 따위 꾸지 않는다

필경 발이 있기 때문에
화를 불러들인다
뿌리가 없기 때문에 재난을 당한다
온갖 발이 있는 짐승은
언젠가 자신을 매장하는 흙을 파고

뿌리에 흡수되는 운명을
면할 길 없다

아니야 아니야

자리를 양보하지 말아요
차가 빨라서
나는 곧 내릴 테니까
이렇게 붐비는 사람 속에서
당신은 나이 든 내가
서 있지 못하리라 생각하지

아니야 아니야 측은하게 여기지 말아요
나는 나이가 들긴 했지만
나이는 내가 애써 얻은 게 아니야
추하게 자연히 찾아들었어
늙음은 존경할 특권이 아니야
나를 우대할 필요는 없어요

이렇게 주름진 일에 동정하지 말아요
나는 역사를 먹고

숱한 고유의 도덕을 뽑아냈기 때문에
얼굴에 주름이 점점 패었지만
나는 알고 있어
나는 호로자식이고 不肖여서
新潮 紅樓夢 한 편도 쓰지 못했어

아니야 아니야 부추기지 말아요
이렇게 사람이 붐비는 속에서
이렇게 흔들리는 버스 속에서
서 있을 수 있기 때문에
나는 위안을 느낄 수가 있어
아무도 나의 결말(結末)을 받혀주지 않아도 돼
나는 곧 내릴 테니까

돈의 발

어디에도 갈 수 없는 것은
갈 데가 없는 것은
가지고 있는 돈에
발이 생기지 않았기 때문이다
눈물 방울 정도의
얼마 안되는 돈으로는
돈에 발이 생길 수가 없다

돈만이 인생을 개척한다고
여겨지는 세상이니까
돈에 발이 생기게 할 수 있는 사람이
군대를 거느리고
정권을 막대기 끝으로 휘어잡는다

이런 세상이니까
발보다 빠른 날개

돈에 날개까지 생기게 할 수 있는 사람이
온갖 경제권까지 장악하고
망명 후의 향락을 꿈꾸고 있다

이런 세상이니까 어느 사이엔가
어디라도 갈 수 있는 사람과
갈 데가 없는 사람과
두 인종으로 갈라져 버린 것이다

金牛黨이라든가
白虎黨이라든가
당파 싸움이 점점 심해지는 세상에서
돈이 돈의 자식을 낳는다는
그런 암컷의 돈과 수컷의 돈을
한쌍 길러보지 않으렵니까
보셔요 언젠가 당신은

— 그린 카드를 사고 싶다고
말하지 않았습니까

風　景

밤이 여자의 아랫도리에 스며드는 것은
누구나 언제나 보고 있는 풍경
숫구치는 투명한 어둠의 샘
젖은 샛길을 지나가는 것은
허락된 사람일 뿐
그때 여자는 아프다고 신음하지 않고
살려줘 하고 심히 외쳤다

구급차를 부르는 습관에 익숙해 있는 것은
숫처녀가 아니었던 증거
처녀라는 말은
벌써 먼 황무지에
놔 두고 온 작은 거미집

살려줘
라는 말 뒤에 여자는

틀렸다 이제 끝장
이라는 후회에 뒤좇아 가서

두 팔을 허공에 내저으며
꿈과 사랑을 안 듯이
손에 넣은 것을 잡는다
풍경은 여기서 펼쳐져서
깨달음이 온갖 것을 감싸 버린다

완전히 밤이 갈 때까지는
여자는 풍경 속에서
인사불성
창을 열고 신선한 공기를 갈아넣자
「내일」이라는 이름을 부르고
가볍게 하품을 하고
여자는 풍경 속에서 빠져나온다

안녕
그것은 영원히 만나지 않겠다는 뜻
「내일」과 결혼할 거예요
라고 여자는 말한다

「내일」의 풍경도
이렇게 아름다운 것일까
아무도 모른다

다만 골짜기의 냇물은
흐름을 멈추지 않을 것이다
여자는 억세게 살아갈 것이다
뒤돌아보지 말라
사랑한 한 사내를 폐허로 만들더라도
뒤돌아봐서는 안된다

상처입은 말

대만에서 흔히 쓰이는
허로화(河洛話)는
고대중국에 있어서의 中原의 말로
고대문화를 형성하고 나서
일본이나 그 밖의 나라들에 수출되었다
지금은 문화재적 존재가 된
그 허로화를
중화민국은 新生 국어가 있다고
이를 배척하고
민중으로부터 이를 뺏어 버리기 위해
일본 식민지 정책이 허로화를 금지시키려다
실패한 듯한 시늉을 하고 있다
그렇다 해도 사람이 살아 있는 한
말도 살아 있다
살아 있기 때문에 말은 늘 상처를 입는다
상처를 입은 말이 몸에 스며서

민중을 무의식적으로

또한 자학적으로

자신의 말까지도 상처를 입힌다

지금 어디서나 들려오는

욕하는 말이 되어 버린 허로화

상처입은 허로화와 더불어

진정 민중은 타락하고 지쳐 버렸을 게다

가령 더러운 거리에

상기된 얼굴로 아이를 욕하는 아주머니

아주머니는 자꾸

「끈니냥(姦汝娘)」「끈니냥」하며

떠들어대고 있다

「끈니냥」은 세 글자의 經으로 불리어

너의 어머니와 붙으라는 뜻

가엾게도 아주머니는

자식이 욕하는 아이의 어머니라는 사실을 잊고

마구 욕하고 있다
아니야 아니야 실은
자신을 욕하기 위해
자각에 의한 참회인 것처럼
욕하고 있다
또한 가령 호화 2층 건물의
창을 꿰뚫고 아이를 욕하는 아저씨
아저씨도 마구
「낀니냥」「낀니냥」 하며 외치고 있다
너 어머니와 붙으라는 뜻의 「낀니냥」
가엾게도 아저씨는
너 어머니와 붙으라는 자신이
그 어머니의 남편인 것을 잊고
마구 외쳐대고 있다
욕을 먹은 아이는 조용히 말했다
나의 어머니인 자기 마누라를
그렇게 학대하지 말아요

II

계곡의 돌

계곡에 있는
한개 돌의 고독에는
이성을 유인하는 애수가 담겨 있다

물의 습기는
내가 살기 위한 한없는 위안이다
……

기슭에 있는
채석공장에서 삐걱대는 소리는
쌓아올린 돌을 전율케 한다

나는 채석공장에 갇혀
이미 고독한 둥근돌은 아니지만
풍경속에는 나는 없다

렌　즈

렌즈의 방향을 바꾸면
무대 위에서는
오오, 충성스러운 부하는 배 검은 부하보다 훨씬
많다

렌즈의 방향을 바꾸면
무대 밑에서는
아니, 도저히 충성스런 부하의 얼굴을 찾아볼 수
없다.

Cut. 1, 2, 3
햇빛 속에서는
저것봐, 벌써 충성스런 부하의 가면을 쓰고 있다.

태 양

내가 눈을 감는 순간
눈알의 내면에서
새빨간 태양이 커진다
하지만 태양은 이미 태양이 아니고
무지개는 결코 일곱빛깔의 빛을 대표하지 않는다

— 개였다 때때로 흐림
구름이 나의 눈알 내면에 떠돌아 들어와
눈 모양의 형태를 지어
아주 정연하게 빙글빙글 돈다
무늬의 표면에 흑점이 있다
아아 흑점도 커져서
삽시간에 또 공간에 응고한다

내가 눈을 뜨면
얼씨구 한 톨의 튕겨나온 씨앗이 되어
황야에 흩어져서
아무것도 모른 채 태양에 맞서 있었다

죽음의 소재

굳이 죽으려고는 하지 않았지만
죽어도 좋겠다고 생각했다
내일을 꿰뚫어 보고서야
未知의 밤에 잠자리를 펴기 위해

꿈이 사라졌을 때 우리들은 어느 곳에 당도하는가
거기는 저 죽음의 소재에는
넓은 안뜰이 있고 잡초가 무성해 있을까
험한 산길을 기어올라 여러가지 石碑를 타 넘으면
거기에는
甘泉이 있고 향기로운 내음이 떠돌고 있는 것일까
아니면 SEX에 불이 붙은 여자가
媽祖와 같은 얼굴에
아무런 표정도 나타내지 않고 잠자코 있는 게 아
닐까

역시 죽으려고도 하지 않는다
정말 죽고 싶지 않다
아무것도 꿰뚫어 보지 않아도 된다
다만 꽃만을 보고 싶다 나무그늘이 있고
다만 팔과 팔을 하나로 끼고 있고 싶다

용의 춤

용의 눈이 튀어나와 있는 것은
거만한데다가 지쳐 있기 때문이다
용의 아가리가 벌어진 채 있는 것은
혀끝이 불타고 있기 때문이다……
하지만 붉은 것은 좋은 일의 심볼이기 때문에
관중을 미치게 피는 꽃처럼 불타오르게 한다

길고 긴 용의 몸이 춤추며 올랐다간 내려온다
색채가 흘러 움직이는 동체에는 약동하는 기쁨이
있다
행동을 두려워하는 사람들의 눈동자 속에
용은 한껏 아양을 떨고 또 떤다
축제는 아양을 떠는 떠들썩한 속에서 서서히 진
행된다
용의 머리를 지탱하고 있는 용의 우두머리의 권
세가들

용의 몸을 조정하고 있는 호랑이의 위세를 빌린
여우들
용의 꼬리에 붙어 있는 전통의 맹종자들
용의 춤이 만들어내는 어처구니 없는 그림자가
리드미컬한 북소리에 흔들리면서 춤추고 있다

관중은 미치게 핀 꽃처럼 불타고 있다
붉은 것은 좋은 일의 심볼이기 때문에
크게 벌린 용 아가리 속에서 혀끝이 새빨갛게 타
고 있어서
튀어난 용눈의
거만한 색채도 이미 아주 지쳐 있다

저 　주

저주는

저 검은 그림자가 장치해 놓은 덫의 압침이다

나의 발바닥에 찔리어

피가 난다

나는 그것을 빼고

지나다니는 사람이 없는 깊은 구멍 속에 던진다

그것은 저 검은 그림자가 장치해 놓은 덫의 압침

이다

내게 찔린다

내게 찔린 몇 개의 압침이

지나다니는 사람이 없는 깊은 구멍 속에서

저주의 압침을 쌓아올려

나를

모르는 사이에 아주 쉽사리 노엽게 만든다

아주 쉽게 노여워지지만
媽祖처럼 입을 다물고 말을 하지 않는
말도 않고 오직 기다리고 있는
압침이 녹슬어버리기만 기다리고 있다

소용돌이

거짓이 맑은 연못 바닥에 가라앉아 있어서
거울같은 수면에 거짓의 찌꺼기가
떠돌고 있다……
가라앉은 거짓과 떠오르는
몇 천년래의 거짓의 찌꺼기여
— 물은 온통 탁해진다
물은 더욱 더 온통 탁해진다
媽祖의 제사 속에 넘치는 만수향의 연기같이
독이 있는 수증기가 햇살 속에서 번쩍인다
검게 그을린 마조여
마조를 끄집어내라
수면의 저 거짓의 찌꺼리를 피해
빙빙 도는 소용돌이 속에서……
깨끗이 할 수 없는 거짓을 위해 뺨을 새빨갛게
달구고
독이 있는 수증기 속에서 나는 천천히
소용돌이에 말려들면서 나 자신을 잊어간다

연

당신이 나를 매놓고 있기 때문에
나와 당신 사이에 이처럼
나눌 수 없는 관계가 성립됩니다
　당신이 잡아다니는데로
　당신이 시키는데로
나는 여전히 높이높이 하늘에 올라있다

당신이 꽉
나의 목숨의 줄을 잡고 있는데
그 이상 뭣을 괴로워 하겠습니까
꽉 잡고 있는 것은
　내가 추락해서 자살하는 것을 두려워해서 입니까
줄을 늦추는 것은
　내가 젖 떨어져서 높이 날으는 것을 두려워해
서 입니까

단지 바람만이 나를 동정해서
  내가 위로 오르는 것을 받쳐주고
나의 높이를 조절해준다
높으면 높을수록 보이는 세상은 더욱더 넓어진다
그런데 당신은 오히려 바람속에
비밀연락원을 배치하여
나를 견제하고
내가 국경을 넘어 구름을 따라가지 않도록 견제
한다

욕　설

어째서 욕을 하지 않으면 안 되는가
「바가야로오(바보자식)」
식민지의 하급관리가 이렇다 할 까닭없이
입버릇처럼 고함을 쳤다
말은 고스란히
하급관리에 아부한 가엾은 사람들에게
계승되어
「바가야로오」
50년 동안 식민된 온순한 사람들은
「바가야로오」가
일본을 대표하는 유일한 무사도의 말로
생각하고 있었다
그럼에도
「바가야로오」는
대만이나 중국이 광복된 후에도
하급관리에 이어져 하급관리가 된 가엾은

사람들에 의해 욕설이 계속되었다
패전을 한 나라로부터는
욕설 외에는 아무것도 없다
계승할 것이 없었다는 말인가

새로운 체재로 바뀌고 나서 10분의 1세기가 지날
무렵
「바가야로오」보다 힘찬
「꾼딴(滾蛋)」이라는 새로운 욕설을
배우기 시작한 가엾은 사람들은 곧
「바가야로오」를 미라로 만들어 박물관에 넣고
「꾼딴!」
「꾼딴!」하며 웅성대었다
더우기
「낀니냥(姦汝娘)」
이라는 대만 본래의 욕설까지 더해

온순한 사람들을 식민지의 하급관리보다
더 악랄하게 욕을 하게 만들었다
어째서 욕을 하지 않으면 안 되는가
욕설에서 자기만족을 느끼고 거북해 진 것으로
착각한다
착각을 계속한 채 평생을 마치는 가엾은 사람들
어째서 욕을 하지 않으면 안 되는가
「바가야로오」는 馬・鹿・野郎이라고 써서 짐승을
의미한다
그리고 「꾼딴」은 썩은 계란처럼
굴러나온다는 뜻
「깐니냥!」은 세 글자의 경(經)으로 불리어져
네 어머니와 붙으라는 것
어째서 그런 욕을 하는가
「바가야로오」도
「꾼딴」도

「깐니냥」도 비천한 하급관리와 더불어

언젠가 사라져서 푸른 잔디에 신선한 심호흡을

즐기는

그런 계절

그런 계절을 바라고 있는 것은 나만이 아니겠지

욕을 먹은 일이 없는 문교장관이나 문화위원장도

절실히 그것을 바라고 있으리라 여겨지는데

미안합니다 & 對不起

「스미마셍(미안합니다)」
이라는 아름다운 말을 가지고 있으면서도
그것을 쓰지 않는 일본인이 있다
식민지에 서서
으시대고 있었으니까
말이 깜짝 놀라 도망쳤는지도 모르지

「쓰미마셍」
이라는 말을 잘 이용해서
아첨하고 있던 대만인이 있었다
그런 녀석은 거의가 양다리를 걸치고 있어서
왼손에 「스미마셍」으로 히죽히죽 웃고
오른손에 「바가야로오(바보자식)」로
사람의 마음을 상하게 했다

시대가 바뀌어

식민지에서 대만은 광복되어
「스미마셍」이 「뛔이부치(對不起)」로 바뀌었다

접수하러 온 관리들이
사방에 있었던 神社와 神靈을 합쳐
「스미마셍」까지 금종이나 은종이로 태워 버리고
일본에 날아가 버려라
고 은근히 기도했다
神罰이 두려웠기 때문
그로부터 일본은
「스미마셍」이 충만해 있는데도
대만에서는
「스미마셍」이라는 말은
아무리 찾아도 없다

당신은 「뛔이부치」라는

말을 들어 본 일이 있습니까
「떼이부치」는
대만에서는 아름다운 말의 하나입니다만
이것을 사용하지 않는 중국인이 많습니다
왜 그럴까요

중국은 역사가 오래 됐기 때문입니다
오래고 긴 역사 속에서
「떼이부치」라는 말은
너무도 가벼워서
대수롭지 않은 경한 사람들만이 그것을 사용하고
평화를 갈구하며 살고 있지요

「스미마셍」이
「떼이부치」로 바뀐 후
「떼이부치」는 우리들에게 친절했지요

어떤 사건이나 반란에 말려들어 죽은 사람들을
대신하여
　몇 번이나 몇 번이나 「떼이부치」를 외치면서
　우리들은 살아 왔으며
　미쳐 날뛰는 말을 향해
　몇 번이나 몇 번이나 「떼이부치」를 외치면서
　우리들은 평화를 지탱하고
　무시당한 인권유린에
　몇 번이나 몇 번이나 「떼이부치」를 외치면서
　우리들은 자립의 거룩함을 생각하고
　교만한 통치자 앞에서
　언제나 「떼이부치」는 우리들을 구해 줬습니다

　역사를 봐도
　「스미마셍」과
　「떼이부치」는 격의없이

언제나 약한 사람과 친해
약한 사람의 마음을 따뜻하게 해 줍니다

㈜ 일본어의 「스미마셍」은 중국어로 「떼이부치(對不起)」라 한다.

III

지 붕

이곳 지붕에는
역사가 없다
다만 잿물을 새로 칠한
조잡한 색깔로
우직한 백성에게 번득인다

주변의 빌딩 그늘이
예까지 발을 뻗어
지붕을 덮어 버린다
백성은 햇볕이 보이지 않아
스스로 태양을 만들려 한다

역사가 소중한 것임을 누구나 다 알고 있지만
역사를 고쳐 쓰는 사람이 많아졌다
세계의 골짜기에 밀접하는
이곳의 지붕은
벌써 몇 번이나 고쳐 칠했다

모기에는 명예로운 칭호를

앵앵 쉬지 않고 날아와
나의 반쯤 마비된 손등을 쏘고 있다
국경을 통과하고 있다고는 하지만
국경을 통과하자, 외줄기 자신에겐 좋지만
내겐 치명적인 피를 빨고 간다
결국엔
참으로 믿을 수 없는 모기는 얼마나 될까
동정할만한 모기는 얼마나 될까
나의 손등에서
광막한 국토 안에서
내 손은 더더욱 마비가 심해진다

새의 집

풀섶에서
나는 작은 새의 집을 보았다
새의 집 속에서
나는 작은 목숨을 보았다
神이 아니다
이들 작은 목숨을 지탱하고 있는 것은
神이 아닐 것이다

어두운 새의 집 속에서
작은 외침을 들었다
외침소리에 꿈틀대는 욕망이
大氣를 진동한다
애걸하고 있는 것은 아니다
외치지 않으면 안되는 충동력
그것은 애걸이 아닐 것이다

나는 꽃을 사랑한다
그런데 꽃은 없다
단지 눈에 안 보이는
작은 목숨과 신음소리만이
풀섶에 숨겨져 있을 뿐이다

安全島

속도로
앞을 다투는 크고 작은 차가
때로는 섬에 뛰어오르고
수습할 길 없는 사고를 일으키는 수가 있다
우리들은 모름지기
섬의 안전을 지키지 않으면 안된다

앞을 다투는 크고 작은 차가
공기를 찢으며 일으키는 폭풍에
시달린 섬은
얼마 안되는 나무의 푸름까지 변색시켰다
우리들은 모름지기
섬의 화려한 경치를 지키지 않으면 안된다

나는 벌써 오랫동안 안전도 위에 서 있다
경치를 바라보는 것이 즐거워서가 아니다

다만 끊임없이 흐르는 차가
교통문란의 음탕한 바다를 이루었기 때문에
나는 쉬 섬에서 내려오지 못하고
좀처럼 섬에서 떠날 수가 없다

나의 피

나의 피
반은 아버지 것이고
반은 어머니 것

나의 아내는
생판 남으로
사랑의 다리를 놓아 오래도록 함께 산다

나의 자식은
내 것이 반이고
반은 남의 것

나의 자손은
고작 4분의 1이 내 것이고
4분의 3은 생판 남과
남의 것이 스며들어 와 있다

그래서 나는 아내와 손을 잡고
손자에게 있는 4분의 2를 주장하고 공유한다

나의 피
때로는 멀겋게
때로는 진하게 미지의 신비를 향해
외치지만
4분의 1에서 8분의 1로 분해되어
마침내 메아리마저 들리지 않게 된다

북치기가 노래하는

시간이 나를 골라 북치기로 만들었다
가죽은 내 가죽으로 붙인 것
북 소리는 아주 잘 울리고
어떤 악기 소리보다도 뛰어나다

북 소리에는 나의 쓸쓸한 목소리가 스며있어서
아득한 신비의 산들에 닿아 메아리친다
거기서 되돌아 온 메아리의 쓸쓸함으로
나는 다시금 열심히 두들기지 않을 수 없다

북은 나의 사랑하는 목숨이며
나는 쓸쓸한 북치기이다

傳書鳩

南洋에다 묻어 둔

나의 죽음, 나는 가지고 돌아오는 걸 잊었다

야자나무가 무성하는 섬

멈추지 않고 이어지는 바다기슭

해상에는 토착민들이 젓는 카누……

나는 토착민들의 의혹을 빠져나와

즐비한 야자나무 사이를 꿰뚫어

울창한 밀림 속을 헤쳐들어가

마침내 나의 죽음을 밀림 한구석에 숨겼다

그래서

격렬했던 제2차 세계대전 중

나는 유연히 살아남아

중기관총 사수를 맡고

이 섬에서 저 섬으로 옮겨다니며 싸우고

敵機의 15㎜ 散彈을 뒤집어 쓰고

적군 기총소사의 목표가 되고

강한 적의 동정에 겁을 먹었지만
나는 역시 죽지 않았다
나의 죽음은 전에 밀림 한구석에 숨겨두었기 때
문에
줄곧 정의롭지 못한 군벌이 항복할 때까지 살아
남아서
나는 조국에 돌아오게 되고
나는 비로소 나의 죽음을
생각해 냈다 가지고 돌아오는 것을 잊었다고
南洋섬에 묻어 둔 단 하나의 나의 죽음이여
나는 아무래도 언젠가, 반드시 傳書鳩처럼
저 남쪽의 기별을 가지고 돌아오고 싶은거다

추 락

이미 당신에게 사죄하고 있다

잘못했습니다 잘못했습니다 제발 용서해 주십사고

그런데 당신은 이외에도 용서도 않고

마침내 노여워하고 저주의 우뢰소리를 울렸다

그럼 당신의 우뢰소리로

저 조그만 개미떼를 두들겨 쓰러뜨려라

하늘을 눈멀게 하고 땅을 어둡게 하는 데 알맞도

록……

— 이런 사사로운 일은

단지 이 지구상에서 호흡하는 한 그루 나무

옮겨심기와 같애

그럼에도 이런 사사로운 일은

당신은 되려 하늘의 비밀이라도 도적맞은 듯이

원자폭탄을 떨어뜨려 죄없는 益虫을 없애버릴려

하고

당신의 번쩍이는 머리위에서 原子雲을 일게 하고
이 세계의 일체를 괴멸시키려 든다

좋아요 그렇다면
나는 곧 당신의 눈앞에서 사라져 우주의
다른 한 끝까지 탐험을 나서렵니다
— 처음에는 공중에 떠 있으나
마침내 속도를 더하여 가라앉는다
추락…… 추락……
오오— 저기에 추락하는 것은 누구인가……

누군가 잘못 건 전화

기나긴 하루 전화벨이 울린다
수화기를 들면 「여보세요」
전류를 타고 들려오는 목소리가
「미안합니다 또 잘못 걸어서」
전화를 잘못 건 것은 자넨가 정말
나는 듣고 싶다
모르는 사람의 맑고 달콤한 목소리가
나는 듣고 싶다
귀에 익은 가냘픈 목소리
전화번호를 틀릴 리 없는 자네의
잘못 건 전화를
나는 듣고 싶다
「전화를 잘못 걸어서」
전류를 타고 온 목소리가
세계 곳곳에서 끊임없이 들려온다
무엇인가를 꾸미고 있는 누군가가

전화번호를 틀리지 않았는데도
전화를 잘못 걸었다고 한다
빤히 들여다보이는 속임수의 陰謀
틀림없이 무슨 일이 생길 것만 같다
또 잘못 걸었는가 자네
아니요 틀린 것은 전화의 연결
확실히 異質의 전파로 교란당한 것이다
매일같이 누군가가 잘못 거는 전화
나는 알고 싶다 참말로
자네가 잘못 걸었는지
내가 잘못 들었는지

무덤은 부르고 있다

무덤은 풀섶 저쪽에서
멀리 가느다란 신음소리를 내며
나를 부르고 있다
서민인 나를 부르고 있다 그리고
관청에 앉은 독직 관리들을
배불뚝이 으시대는 녀석들을 부르고 있다
헤아릴 수 없는 영혼이 웅성대는
무덤 속에서
부르며 손짓한다
적도 동지도 헤아리지 않고
한사코 간절히 손짓한다
그 중 얼마간 야위고 검은
그 무렵의 나의 친구 인텔리였던
그들은 아직 정말 죽지는 않았다
전설에서는 한갓 실종이라고 말한다

무덤 속을 여러 해 해매다닌 사실이
아직 죽은 게 아니라는 건가 그들의 주검
우호의 손이 끊임없이 떨려
단 한 번도 「원망」을 입에 담은 일이 없고
「나를 죽인자는 누구냐」고도 않고
「어째서 사상을 가졌다고 해서 실종되지 않으면
안 되는가」고도
묻지 않는다
지금에는 사망도 실종과 마찬가지로
신비하지도 아무렇지도 않다

지난해 여름은 두 번이나 지독한 태풍을 만나
굶주림과 손쓸 수 없는 울부짖음이
아프리카에서 바닷가 모래벌에 닥쳐왔다
어떤 이는 무덤을 향해 달려가 돌아오지 않는다
어떤 이는 이를 악물고 마음의 아픔을 참았다

언제나 재난이 있으면
「아이신(愛心)의 노래를 소리 높이 부르는 사람이
있어서
독직관리나 거룩한 녀석들에게 들려 줘서
영광의 갈채를 받고 있지만
굶주림은
굶주림대로 이어져 핵 원자공장의 독이 새면
계속 새어 교통사고도
항공기 납치도 끊임없이 폭발한다
거액건설의 댐은
비가 오면 홍수 개이면 고갈
천재지변은 독직관리의 죄가 아니라 하여
거룩한 녀석들의 교훈은 더욱더 싸늘해지고
무덤 속에서 신음하는 소리 따위는 들리지 않는
다고 한다
사상이 있기 때문에 실종 40년

죽은 것이 아니다 주검이 무덤에서
우호의 손짓을 하고 있다 부르고 있다

자네도 나도 잘못은 없다
범인 따위 없는 세상이니까
죄없는 사람은 마음 편히
카메레온처럼 변색을 하며
나무줄기를 기어다닌다

㈜ 제2차 대전 후의 대만은 국민당 정부의 관헌이 철수
한 통치자인 일본인과 바뀌어 집정했으나 곧 가혹한 정치
에 견디지 못해 1947년 「2·28사건」이 일어났다. 사건 결
과 대만의 장래를 떠맡아야 할 많은 지식인이 진주군의
대학살, 비밀경찰에 납치되어 행방불명이 되었다. 그로부
터 1987년에 이르는 40년 동안의 긴 공포, 「2·28사건」은
잊어진 듯했으나 올해 대만인권협회에 의해 「2·28사건」
의 진상을 공개, 기념회 설명연설 등을 각처에서 개최하여
국민들의 자각과 자립을 촉구했다.

IV

사   건

스콜이
씻고 지나간 후
적막한
지면의 웅덩이에 숱한
톱질한
나이테의
고요가 얼비치고 있다

나이테의 무늬는
어김없이 천천히
숱한 웅덩이 물을
흡수하여
해어진 역사책에
다시금 조용히
부활할 것이 틀림없다

찾는다

어제 나는 밀림 속을
뒤젓다
밀림은 봄에 깨어난
처녀지이다

오늘밤 나는
낭떨어지 위에 서서
밀림의 情火가 타고 있는 것을 본다
나의 존재를 무시하고 타고 있는 것을

하지만 나는 여전히
밀림 속에 도망쳐서
나무와 나무사이에
잃어버린 저 첫사랑의 쾌락을
찾고 싶다

기 적

만약에 난잡한
겉보기만의 마켓에서
한줄기 순결을 끄집어낼 수 있다면 자네에게
사소한 살림의 바램을 토로하고 싶다
암담한 처지아래
적나라한 진실을 바치고 싶다

적나라한 진실이
풍부한 사랑의 햇김에 닿는 것은
마치 비쳐드는 한 줄기 먼동이 틀 때와 같다……
결국은 거기에
나는 媽祖*의 존재를 발견한다

　＊臺湾 각지에 모시고 있는 女神으로 본시는 中國의 福
建省 興化府 湄洲島에 宋代의 建隆年間에 태어난 聖女 林
默을 모신 바다의 안전을 기원하는 神이다.

門

神이여
당신에게는 햇빛이 보인다 하지만
나에게는 햇빛은 안 보인다 하지만
봉건적인 음탕함이 재앙을 부른다
연약한 숫술

神은 여전히 계시며
저 一視同仁의 사랑을 말씀하신다
神은 여전히 계시다

성스런 여성의 자식은
죄없는 벌 받기를 모면하신다
당신에게는 어둠이 안 보인다 하지만
나에게는 어둠이 보인다 하지만
神이여

마조 태어나다

파리가 한 마리
媽祖의 코 위에 멈춰 있다
몹시 의아스러운 듯이 발을 비비면서
귀신단지 거기에
숱한 제물을 노려
밀고 밀리며 왔다
여성들의 화장냄새를 맡는다……
어째서 저토록 많은 香을 피우고 있을까
어째서 저토록 많은 金紙를 태우고 있을까

몹시 의아스러운 듯이 발을 비비면서
하늘은 이토록 더운데 !
질서없는 혼돈이
사당의 어두운 속 안이여서
동요가 멈추지 않는 아첨이
한바탕 질투속에서 이루어지는

제물을 바치고 향을 세우고 金紙를 태우고
두번 세번 그리고 네번 엎드려 절하고
神을 떠들석 잠깨게 하고
神의 가호를 얻으려 한다……
하늘은 이토록 더운데 !
파리가 한 마리
媽祖의 코 위에 도망치고 있다

고속도로

죽음을 향해

질주하는 차의 무리 속에 끼어들어

나는 갑자기 차의 속도를 떨어뜨린다

죽음은 두려운 게 아니다

속도에 지배당하고 있는 운명을

확인하기 위해서이다

차의 굉장한 속도는

나를 긴장시킨다

죽음을 뒤쫓아 질주하고 있는데

죽음은 외려 고속도로 훨씬 저쪽에

몸을 피하고

차와의 간격을 유지하고 있다

나와 나의 차가

양보하고 있기만 하면

죽음은 역시 범하기 어렵고
아득히 저쪽 지평선을 느슨히 걷고 있다

逆　境

눈이 있어 오히려 어둔 밤을 볼 수가 있다
손으로 뒤져 간신히 잡을 수 있을 뿐
도처에 있는 상처에서는
피가 흐르고 있다

여기는 大洋 속 조그만 섬
수평선에 기대어 흔들리고 있다
섬 위에서 旗 모양 하늘거리는 낙엽이
단지 사람들 마음의 불안한 소식을 전해올 뿐

한 떼의 무지한 사람들은
족보에 기록되어 있는 臺湾에 온 제1대로부터
오직 슬픔의 대가로서 생존을 확보하고
자손의 성장과 자립을 바라왔다

손으로 뒤져도 오히려 꾀는 잡을 수가 없다

귀가 있음으로 해서 들을 수도 있다
도처에서 발생하는 암살사건으로
피가 흐르고 있다

작고 작은 하나의 섬의
한 떼의 무지한 사람들은
눈으로 귀로 손으로
하늘에서 떠돌아 내려오는 갖가지 것을 손으로
뒤지지만
생활을 위협하는 테러가
희망과 자신과를
빼앗아 가버린다

박애심이 있는 좌석

누가 누구에게 얼마만큼 박애심을 베풀었는가
작은대로 정돈된 좌석에도
눈에는 보이지 않는 따뜻함이 있다

생각지도 않았던 오늘
나는 이 좌석을 양보해 주는 사람이 있을 줄이야
나는 정말 늙은 것일까
전에는 빛나는 꿈을 안고
더럽혀지지 않는 깨끗함을 꿈꾸며 게다가
多情佛心의 나였었는데

아마도 나의 사랑은 벌써 시들어져서
이 좌석이
이렇게 재빨리 나에게 돌아왔겠지요

나는 우두커니 좌석에 앉아
몇 분 동안
안정되지 않는 박애심을 진심으로 감사한다

거미의 그림 장식

배밑에 희고 둥근 주머니를 안고
어둠 밖에서 스며들어 온
어미 거미는
깨끗하고 밝은 방 공기가 향기로워
만족한 듯이
어미 거미의 위엄을 새로 갖춰
天井 한 구석에 거만하게 도사리고 있다
敗殘의 모습 따위 추호도 나타내지 않고
천천히 희고 둥근 주머니 쟈끄를 열자
숱한 거미 새끼가 일제히 기어나와
작은 방 구석구석까지 차지해 버렸다

처음부터 어미 거미의 거동을 살피던 소년은
진기한 듯이
침범해 온 어미 거미가 안고 있는
희고 둥근 주머니에 정신이 쏠려

얼마간 환영의 뜻을 나타냈지만
희고 둥근 주머니의 쟈끄가 열리는 순간
앞을 다투어 뛰쳐나온
숱한 돌격대원과 테러리스트 같은
기기묘묘한 거미 새끼들
거미 새끼를 어지른 어미 거미의 욕망을
이어받은 보기흉한 행동들
약탈과 살상을 자행하는
눈에 거슬리는 행동에
소년은 기절초풍
이제 돌이킬 수 없다
소년의 樂園은 엉망이 되어 버렸다

天井 한 구석에 거만하게 도사리고 있는
어미 거미를 쳐죽이는 것은 문제가 아니지만
횡포한 거미 새끼들에게는

훈련이 잘 되어 있어서
먼지처럼 쓸어낼 수도 없다
소년은 초조하여
거미새끼를 몰아낼 궁리를 한 끝에

창밖의 綠地를 바라보고 있다가
그렇다 녹지가 있다
녹지로 이사가자
방의 창을 닫곤
짙은 페인트로 칠을 하는 거다
어미 거미와 새끼 거미를 그림장식으로 칠해 버
리면
방은 달라진다
어미 거미 한 마리와 숱한 새끼 거미를 어지른
혁명적인 그림장식으로
그것은 틀림없는 깨끗한 역사가 될 것이다

이렇게 생각이 미치자
소년은 기쁜 듯이 미소하며
손뼉을 쳤다

도망친다

도망친다
도망치는 자세로 정치를 하고 있다
언제나 짐을 한 손에 챙기고
어디에라도 도망칠 수 있도록
촉각을 곤두세워 도사리고 있는 정치가들
귀여운 처자는 친선의 인질
먼 이국에 맡겨두고
제3의 고향을 꿈꾼다
꿈속에는
이라 풀모사의 녹색 산맥이
황금을 숨긴 채 빛나고 있다
華麗島의 금맥이 아직 있는 한
도망칠 자세의 정치는 계속된다

도망치는 게 제일이라는 것은
5천년 역사의 교훈에 있지만

자칭 대국의 체면으로
「도망칠 자세」 따위는
추호도 얼굴에 나타내지 않는다
외려 반대로
전진 전진의 구령도 씩씩하게
대지에 피가 물드는 깃발을 흔들고
주의로서 천하를 통일하려고 외친다
광막한 대지
영원히 변하지 않는 山河
미련과 야심을 저울에 달아서
내 땅이야 이 國賊아……
내 땅을 빼앗은 國賊이 원망스러운 한
원한의 정치는 계속된다

죽음
죽어도 돌아갈 수 없는 고향

주검
고향에 묻을 수 없는 주검
심한 향수는
이집트 금자탑의 미라가 되라

제왕의 욕망은
대지에 피가 물드는 깃발이 되라
호위병을 세우고 밤낮
예배하라
죽음은 도망칠 자리를 잃은 자의
마지막 성벽

성벽에서 뛰쳐나온 패들
죽음보다 삶에 집착하는 패들은
제3의 고향인 異國에 蓄財해 놓은
친선의 인질인 처자와의 단란을 꿈꾼다

꿈과 현실

현실은 조국 센터의 假裝地

도망칠 자세의 정치

이라 풀모사는 역사만의 이름이므로

차례차례로 나타난다

은행강도의 활약도

끊임없는 炭坑의 낙반에 의한

무수한 사상자의 아비규환도

불결한 생활이 이룩한 쓰레기더미도

협박하며 모여드는 청소년의 무리도

경제범의 횡행도

관리의 독직사건도

온갖 것은 黨外정치의 악선전으로서

봐서는 안 된다 들어서는 안 된다고 도망칠 자세
의 정치

고향을 도망쳐 온 사람에게는
나라가 없다
나라가 없으니까 잃어버린 山河에 집착한다
이라 풀모사는 아름다운 섬
섬이지 나라가 아니다

늘 세도를 떨치는 정치가들은 호화판이고
언제나 짐을 한 손에 챙기고
어디에라도 도망칠 수 있도록
촉각을 곤두세워 도사리고 있다

V

소　녀

그녀는 눈이 瑪瑙와 같은 고양이가 좋아,
두 다리를 가즈런히 하이힐을 신은 채
곧바로 서는 것도 좋아해
그녀는 물의 브라우스를 입고 볕을 쪼이면서,

휘청거리는 발걸음으로 목적도 없이
종종걸음치는 것을 좋아해
그녀는 이쪽을 향하거나 저쪽을 향하기도 하다가
천진하게 떠들어대거나 울부짓기를 좋아해

그녀는 막 출판된 책 내음을 좀 맡고,
살짝이 두서너 구절의 시를 암송하고
한숨을 짓는 것을 좋아해
그녀는 핑크빛 사랑을 좋아해

유독히 그 사내의 성숙함을 몹시 좋아해

이야기

머무르기 쉬운 시간이
흙담 구석에 울적하다
부인 A : 남편의 왕성한 Sex를 들먹인다
부인 B : 숨기고 있는 불감증을 호소한다
부인 C : 이상 야릇한 포즈를 상기하며 낄낄댄다

시간이 어두운 모퉁이에서 빙빙 돌고 있다
그녀들의 수다스런 위아래의 턱뼈 사이에서
구획지워진 빛과 그림자의 흙담 앞뒤에서
천국과 지옥이 노골적으로 드러나 있다
부인 D : 산부인과 의사한테 보이면

포인세치아 꽃 계절에는
사랑이 분배되어 있는데
시간은 공허한 양옆구리에 울적해 있다
부인 C : 천국과 지옥을 나 어느쪽이나 좋아해

부인 B : 어머나 전혀 부끄럽지 않아……
부인 D : 얼씨구 목숨 아까운 줄 모르나봐

파파야 꽃

— 바다가 보이는 돌계단에서
계란의 노란자위 같은 파파야 꽃이 피어 있다
언제나 녹색 잎사귀 밑, 동생의 까까중머리에는
소년의 억셈이 빛나고 있다

싱싱한 암술과 숫술이 봄을 불러들이고
억누른 화창한 하늘 아래
누나의 결혼날이 다가온다
공손하게 펄럭이는 엽록소의 손바닥이
빛과 열과의 내미는 혜택에
四季의 바람이 남긴 사랑을 받아들이고 있다

동생은 꽃의 추한 것이 싫고
누나는 꽃의 결실을 좋아해

하지만 돌계단의 파파야 꽃은 느슨하게
말없이 건장한 애 많이 낳는 임산부 같아
벌린 엽록소의 全靈의 光合成으로
생명은 완전한 아름다움을 바란다

꽃의 모습

가시가 없는 말을 가시 위에 씌우고
내 주위를 검게 물들이는 음모를 꽃피운다
상처를 입은 사람이 있으면
순간 비웃는 사람이 있지만
나는 이빨의 심한 통증에 견디고 있다

심한 통증은 온몸을 샅샅이 싸다니지만
아마 졸음이 와서 앞뒤를 알 수 없게 되면
고통을 잊게 될는지도 모른다
하지만 잠들 수 없을 때는
媽祖를 기도했다고 해서 구출되는 것도 아니고
媽祖를 공손히 기도하는 젊은 여성들
부처님을 머리를 땅에 대고 비는 늙은 부인들
저건 뭐지 손에 잡히는 한줄기 유혹
― 눈부신 장미는

잡초가 장미의 모습을 덮어버려서
가시가 없는 말을 가시 위에 씌운다
도망칠 수 없는 저주는 온몸 샅샅이 싸다니지만
운명지워져 있는 내가
이빨의 통증에 견디여 밤을 새우지 않을 수 없는
것은……

미   소

그림자가 넓고 넓은 비옥한 들판에서
혼비백산하여
녹색 방에 뛰어들어왔다
방안의 숱한 얼굴이
미소지으며 반가히 맞았다

하지만 焦土 위에서 앞서의 미소를
돌이키기에는 역시 두려워진다
그림자는 태양의 化身이라고 생각하기 때문에
단단히 그림자에 기대어
한평생의 후회를 멎게 해 둬야

태양에 맞서는 태풍이 한 번 또 한 번
그림자에 의해 걷어올리는 태풍은
미소를 검으스럼한 화석으로 바꿨다
다시 한번 미소지었다고 해서

그림자처럼 외쳐대면서
외쳐대면서
그림자는 오히려 본래의 자리에
돌아갈 수는 없다
얼굴은 어차피 두 번 다시 미소 짓지 않는다

어머니 뱃속에서

어머니 뱃속에서
나의 역사는 벌써 느슨한 움직임을 시작하여
아득히 먼 날에 海峽의 안개를
길러왔다 아장아장 안개의 바다에서 왔다
상냥스럽기가 山羊의 눈같은
따스하기가 깊은 계곡같은 데서 왔다
나의 역사는 벌써 느슨한 운동을 시작하고 있다
오오 어머니 뱃속에서

아장아장 안개의 바다에서 와서
연대를 새긴 달력의 사당
福建, 漳浦, 赤湖*는
나의 운명의 원시의 토지
    하지만 나는 세속의 구석에 버려진
    — 한톨의 씨앗이다

어머니 뱃속에서
나의 역사는 벌써 느슨히 움직이기 시작했다
상냥스럽기가 山羊의 눈같은
따스하기가 깊은 계곡같은 데서 왔다
흙의 운명이 주어져
그물 속에 갇히어
탯줄을 끊는 괴로움을 참고
나의 역사는 벌써 느슨히 움직이기 시작했다
오오 어머니 뱃속에서

* 漳浦, 赤湖 어느 쪽이나 對岸인 福建省 남부의 도시
이다.

손 톱

손톱이 자랐다

요즘은 손톱이 유별나게 빨리 자란다

잠깐 손톱을 본다

나의 손톱은 나를 대신해서 몇 번이나 죽었었다

언제나 손톱을 깎을 때마다

나는 죽음을 생각한다……

…… 깎은 손톱을 봉투에 넣어

　　　인사계 准尉에게 넘긴다

　　　전쟁터에서는 五體는 가루가 되어

　　　주검을 수용할 수가 없어서

　　　단지 유골 대신으로 한다 그때

　　　나는 일본군 병장이었다

내 마음이 즐거운지

슬픈지 아랑곳 없이

곧 손톱은 반드시 자란다

내가 지겹게 여길 때까지 자라면
손톱은 아주 얌전하게
다시금 나에게 깎기운다

손톱은 마치 나의 목숨의 다른
생물이기나 한듯이
자라자마자 나에게 깎기우기를 바란다
매번 깎은 손톱은
어느 것이나 살아있지만
마침내 천천히
나를 대신하여 죽어간다

별뜬 밤

억망광년의 멸시에 견딜 수가 없어
나는 마침내
바람과 더불어 떠돌고 싶지도 않아서
잎사귀들과 소근소근 말을 한다
밤 경치는 진작 이슥해서
— 우울에 매어 있는 개가 짖고 있다

下午의 낮 잠 깬 모습을 그려서
墨畵에 넣은 액틀에는
몇 가지 미래가 망설이고 있어서……
몇 가지 과거가 방황하고 있다……
현실이 비약하는 잠의 테두리에서
우울의 감옥 밖에서
숱한 욕망의 아름다운 등불이 빛나고 있다
빛나고 있다— 여자들이 수염으로 엮는
뜻밖의 이야기가

시계 바늘의 눈이 딱하고 가엾은 듯이
나를 바라보고 있다
밤 경치는 진작 이슥해서
관념의 개가 짖고 있다
짖고 있다
잠이 비약하고 그리고 또 떨어져 가는 것을
짖고 있다
꽃과 달이 숨기 시작하는 것을

안　개

안개의 번민이 계곡을 덮고
희미한 갖가지 형상을 뿌려놓고 천천히
녹색 봉우리 정상에 올라가
구름이 된다
내가 닿을 수 없는 아득히 먼 곳에서
구름의 날개가 멋진 환상을 번득이고 있다

나는 안개가 아니다
구름으로 변화할 수는 없지만
나는 여전히 안개 속에서 성장한다
— 무릇 몽롱한 세계는
차거운 여인의 손가락이
나의 얼굴을 더듬는 것과 같아서
증오는 사랑보다 낫다 —

나는 고독 나는 쓸쓸하다
안개 저쪽에는 잠깬 데가 있다는 것은
누구나 알고 있으며
증오는 또한 사랑의 농도를 더하는 것도
누구나 알고 있다

안개 이야기가 너무나 속되어서 참다운 善을
깨끗한 백합꽃에 맡겨 한다발의 희망으로
사랑의 둥그스럼한 불에
일체의 희미한 것을 승화시켜
   색바랜 모자를 흔들어
      안개와 헤어지지 않으면 안 된다……

틀린게 아니야

어떤 아름다운 외국 여성 친구가 있어서
그녀는 중국 문학을 공부하고 중국어에 정통해
있으나
중국에 간 경험은 없고
太臺湾이 어쩌면 폴모사(華麗島)란 것도 모른다
그녀는 처음으로 타이쥬(臺中)에 와서 겨우
폴드갈인의 날카로운 감성을 알아차렸다
진작 4백년 전에 한숨을 쉬며 玉山에게 부친
「이라 폴모사」의 찬사는 참으로 명실상부했다고
밤에 나는 이 아름다운 여성을 초대했다
그녀는 臺湾 시금치와
무우떡을 맛보고 거기에 약간의
일년 단위의 紹興酒를 마시고
그리고 나서 응접실에서 TV를 구경했다
뉴스는 미국의 참의원 의원의
Taiwan 방문을 보도하고 있었다

나이 든 의원이 몇 번이나
Taiwan이라는 속된 명사를 칭찬하고 있었다
나의 이 아름다운 여자 손님은 의아스러운 듯이
말했다
「어머나 이상해요! 그는 분명히 Taiwan이라 발음
하고 있는데
TV에 나오는 자막은 어째서 어느 것이나 모두
中華民國인가요
통역의 잘못이 아닌가요
그렇지 않다면 내가 배운 중국어가 잘못된 것 아
닐까요」

나는 바보스레 웃으며 말했다
「그렇지 않아요! 틀리지 않았어요
당신이 배운 중국문학도 틀리지 않습니다
단지 臺湾에서는

사실 몇 가지 말하는 법이 있습니다
세계 공통의 Taiwan이라는 말을
어떤 사람은 폴모사라고 즐겨 번역하며
어떤 사람은 高砂라고 즐겨 번역하고
어떤 사람은 中華民國이라고 즐겨 번역합니다
하지만 당신과 나처럼
진정으로 臺湾의 현대감각을 갖추고 있어야만
정확하게 Taiwan이란 다름아닌 臺湾이라는 것을
알아들을 수가 있습니다」라고

나의 모국어

나는 중부 대만의 名間鄉산 위에 있는 마을에서 태어났다.

할머니는 글을 몰랐으나 아름다운 허로화(河洛話)로 이야기를 했다.

어머니는 唐山(중국)의 역사와 소설에 정통하여 허로화로 옛날 이야기를 들려주기도 하고 古詩를 읊기도 하였다. 나는 7세까지 순수한 허로화의 감화를 받았으나 국민학교에 입학하자 학교에서는 허로화 사용을 금했다.

일본의 식미지 교육은 나에게 일본어로 지식이나 皇民化의 도리를 가르쳤다. 그리하여 나는 두 가지의 말을 갖게 되어 집에서는 허로화가 나의 피, 나의 목숨, 나의 생활, 나의 內的인 것이 되고 학교에서는 일본어가 나의 지식, 나의 생존의 수단, 나의 外面을 가꾸어주었다. 그로부터 나는 허로화로 事理를 생각하고 일본어로 詩를 썼다.

나의 큰아버지가 허로화로 思考하고 河洛文語로 古詩를 쓴 것과 비슷하다.

나에게 있어 일본어는 수단이자 도구였기 때문에

나의 피 속에는 스며들지 못하고 대만의 광복과 더불어 일본어는 나에게서 떨어져 일본으로 돌아갔다. 뒤바뀌어 들어온 것이 중국의 국어이다.

나는 독학으로 중국 국어를 배우고 허로화의 문법 그대로를 국어발음에 맞추어 이야기하고 시를 쓴다. 그렇지만 국어는 허로화보다 딱딱한 느낌이 들어 국어의 특수한 形式美는 좀처럼 나에게 익숙해지지 않았다. 허로화의 사고는 진지하게 생활과 생명을 교감시키고 원시적 이미지의 미를 갖추어 구하려는 시의 미는 비교적 쉽게 이루어지는 것으로 생각되었다.

전에 내가 근무하던 사무소의 동료에 李鴻章의 손자가 있었다. 나는 언어상의 불행한 만남을 원망스럽게 여기고 있었으므로 이홍장 손자의 으시대는 모양을 보자 화가 치밀어 견딜 수가 없었다.

그런데 모두가 지나가버린 지금에 이르러 이야기 한다든지 詩作을 하는 데에 국어를 쓰던 일본어를 사용하던 별반 다른 것 같지 않다. 여전히 허로화로써의 사고가 나의 시의 모체가 되어 있기 때문에 허로화로 사고하는 시의 이미지는 異質의 美의 개성까지도 표현할 수 있다고 생각되기 때문이다.

허로화는 옛부터 중국 중원지방의 말이다. 몇 십 세기의 변천을 거쳤지만 말은 그대로의 아름다운 이미지를 지탱해왔다. 고대중국의 말의 영향을 받은 일본어와 한국어에는 單語의 발음법에 분명히 허로화와 공통유사한 점이 많다. 가령 일본어의 가나는 중국 한자 쓰는 법에서 변화된 것이며 五十音의 ア イウエオ에서 淸音, 獨音, 半獨音, 拗音, 促音 등 허로화의 발음법과 아주 흡사하다. 현재의 중국 국어에는 오히려 그러한 유사음이 적은 것이다.

허로화는 고대 중국의 중원 일대에 있어서 아시아 각국의 말이나 생활에 영향을 미친 주된 흐름의 말의 하나로서 지금도 동남아시아 여러 나라에서도 허로화로 통하는 지역이 적지 않다. 그러므로 나는 허로화에 의한 사고로써 언어의 예술, 창작에 종사하는 같은 아시아 사람들과는 시의 원시적인 마음, 발상의 언어에 일맥상통하는 데가 있는 것이 아닌가 생각한다.

현실응시와 관조의 시

김 광 림

　필자가 대만의 시인 천치엔우(陳千武)의 작품에 관심한 것은 일역판 『華麗島詩集』(1970. 若樹書房)에 수록된 「씹는다」에서 비롯된다. 중국 5천년의 역사를 되씹는 듯한 이 작품에서 나는 이 시인의 시정신의 소재를 보는 듯하였다. 그것은 저항감이 깃든 현실인식으로 표출되어 있었다.

　천치엔우는 1922년 중부 대만의 南投縣에서 태어났다. 어려서 중국 唐山의 역사와 소설에 정통한 어머니의 감화를 받으면서 성장했다. 일본 식민지 하에서 가정에서는 허로화(河洛話:고대 중국문화를 형성한 말)를 익히고 학교에서는 일본어를 배우게 되었다. 그가 중국어에 버금가리만큼 일본어를 유창하게 구사할 수 있는 것은 이 때문일 것이다.

　2차대전 때에는 일본군의 현역병으로 징집되어 남방의 티몰섬 전선에 참가했다. 이때의 체험을 소설화한 것이 『계집사냥(獵女犯)』이다. 이 작품으로 吳獨流문학상을 받았지만 그의 시에 사실의 기록이나 사설적 서술이 드러나보이는 것은 그의 산문성의 소산이라 할 수 있다. 그는 1964년에 시지 『笠』

창간에 참여하여 실질적인 대만시단의 핵심멤버로
활약하고 있다. 최근 10여년 동안 한·중·일 3국이
중심이 되어 추진하고 있는『아시아 현대 시집』이
나 <아시아 시인회의>의 대만측 주역을 그가 혼자
도맡아 하고 있다.

시집으로는『密林詩抄』(1963),『不眠의 눈』(1965),
『野鹿』(1969),『마조의 전족』(1974),『剖伊詩稿』(1974),
『安全島』(1986) 등이 있으며 번역시집으로는『한국현
대시선』,『일본현대시선』, 일역판『華麗島詩集』외에
무라노(村野四郎) 다무라(田村隆一) 등의 번역시집이
다수 있다.

무릇 천치엔우의 시는 현실에 대한 저항과 비판
에서 이루어진다. 초기에는 현실의 추악에 대한 적
극적인 저항의식을 표출했지만 후기에는 온화한 사
랑의 이념을 바탕에 깔고 역사적 과오를 신랄하게
풍자하고 비판을 가하고 있다. <현실의 추악을 들
춰냈을 때 그것은 일종의 압력으로 변한다. 그 압력
에 대한 감수성과 자각이 反逆정신이 되고 선량한
의지와 미를 구제하려고 의도하게 된다>고 한 그의
말은 그의 詩觀을 여실히 드러내보인 것으로 비록
그의 詩的 출발이 현실응시나 관조를 통한 저항과
비판으로 이루어졌다고는 하지만 그 나름대로의 이
상세계에 대한 동경과 희망을 져버리지 않고 있는
증거가 아닐 수 없다.

나의 피
반은 아버지 것이고
반은 어머니 것

나의 아내는
생판 남으로
사랑의 다리를 놓아 오래도록 함께 산다

나의 자식은
내 것이 반이고
반은 남의 것

나의 자손은
고작 4분의 1이 내 것이고
4분의 3은 생판 남과
남의 것이 스며들어 와 있다
그래서 나는 아내와 손을 잡고
손자에게 있는 4분의 2를 주장하고 공유한다

나의 피
때로는 멀겋게
때로는 진하게 미지의 신비를 향해
외치지만
4분의 1에서 8분의 1로 분해되어
마침내 메아리마저 들리지 않게 된다

　　작품 「나의 피」에는 이렇다 할 기법상의 수사나
테크닉이 보이지 않지만 자아인식이나 자기비판이

크게 공감대를 형성해 놓고 있다. 어쩌면 초보자의 셈 같은 수치를 나열해 놓고 있는데 이 수치가 사고를 매개하여 무기교의 기교를 이루고 있다. 흔히 현대시에서는 언어와 언어의 새로운 관계가 중요시되고 있는 여기서는 평범한 수치가 비범한 의미를 띠고 있는 경우라 하겠다.

詩作상의 특색은 어느 시인에게나 있기 마련이지만 그의 경우는 대체로 세 가지로 요약해 말할 수 있을 것 같다.

우선 생각되는 것이 그의 풍부한 체험과 식견은 넓은 視點과 다양한 면모를 보여주고 있다는 사실이다. 그는 感性보다 知性이 승한 시인임을 알 수 있다.

둘째는 그의 시에는 시종 향수의식 같은 것이 깔려 있다. 즉 식민지 경험이나 전쟁 참가에 의한 실제체험이 앞서도 말한 바와 같이 초기에는 뚜렷한 저항의 대상으로 표출되고 후기에는 비교적 애매하게 현실과 꿈의 동경미로 표상되어 있는 것을 보게 된다. 이것은 그가 저항에서 비판으로 내심의 전환을 이룬 것을 의미한다.

세째로 천치엔우 시의 핵심체는 뭐니뭐니해도 역사의식이다. 초기에는 비교적 직접적으로 접근했지만 후기에는 전통에의 비판이나 여인상을 통한 상징적인 내심의 감수성을 표출하고 있다. 그것이 비록 종교를 제재로 했건 서정적인 작품이건 간에 역사의식이 시의 가치에 의미를 부여하고 있다 해도 지나친 말은 아닐 것이다. 그 좋은 하나의 예로 작품「씹는다」를 들어본다.

아랫턱을 윗턱에 붙였다간 뗀다.—이런 우아한 동작을 쉼없이 반복하는 그,
즐겨 구린내나는 두부를 먹고 주어진 예민한 미각과 쾌적하게
씹는 동작을 자랑삼는 그,
앉은 채로 5천년의 역사와 유산의 알짜를 먹어치우고,
앉은 채로 온 세계의 동물을 먹어치우고도 더욱 탐욕스런 그.
근대사상에서
마침내 스스로의 산만을 먹기 시작했다.

읽는 이로 하여금 가벼운 흥분마저 자아내게 한다. 이러한 작품은 단순한 현실감각만으로 씌여진 것은 아니다. 현실감각 외에 시인 자신의 현실에 대한 적극적인 견해, 즉 현실관이 없이는 안될 것이다. 온갖 탐욕의 형태를 먹는 것에 비유한 이 시는 단순한 <씹는다>는 이미지가 5천년 역사와 유산의 알짜를 먹어치운 최대극한의 의미에 확대되어 있다. 왕조나 독재자 또는 권력자의 탐욕스런 식성(?)을 <마침내 스스로의 산만을 먹기 시작>한 자기모순의 아이러니로 승화시켜 격조 높은 비판정신을 보

여주고 있다.

이러한 소극적인 저항의 형태는 시의 예술성을 고려하는 시인들의 조심스런 시작에서 볼 수 있는데 이와는 대조적으로 적극적인 사회적 발언을 일삼는 작품에서는 사건을 기록하는 수법으로 강렬한 충격의 효과를 노리기도 한다.

무엇인가를 꾸미고 있는 누군가가
전화번호를 틀리진 않았는데도
전화를 잘못 걸었다고 한다
빤히 들여다보이는 속임수의 음모
틀림없이 무슨 일이 생길 것만 같다
　　　— 「누군가 잘못 건 전화」에서

굶주림은
굶주림대로 이어져 핵 원자공자의 독이 새면
계속 새어 교통사고도
항공기 납치도 끊임없이 폭발한다.
　　　— 「무덤은 부르고 있다」에서

청산되지 않은 옛 원한은 지긋지긋하다
우리들의 세대와 관계가 없는 전쟁은 지겹다
지겨운 여류시인이 잊지 않고 있는 깊고 깊은 원한
불행을 자초하기 위해 원한을 살포한다.
　　　— 「見解」에서

위의 시구에서도 볼 수 있듯이 그의 기록성은 각

행이 각각 독립된 사건을 이루었건 다소의 연관성을 가졌건 간에 이들 복잡한 사건이 같은 시간과 장소와 인물이 아닌데도 영화의 몽따쥬 기법에 의해 새롭게 조명되고 구성되어 하나의 계통을 이루고 있는 것을 알 수 있다.

사건을 기록하는 기법이 <현실감>과 새로운 구도>의 관계 위에서 그것이 상호작용하는 요소로 있게 될 때 프로파간다의 시가 흔히 일삼는 선동이나 선정적 효과를 넘어선 새로운 차원의 시적 가치를 기대할 수 있을 것이다.

이상에서 보아온 바와 같이 천치엔우는 시가 선량한 의지나 미를 옹호하기 위한 구원의 방법이 되도록 信心을 다하듯이 전력투구하고 있다. 저항과 비판의 현실주의가 主調를 이루면서도 人性의 존엄성을 示唆하는 어딘지 모르게 애수어린 낭만과 이상주의적 색채가 그의 작품 속에 깔려 있는 것을 우리는 지나쳐버릴 수가 없다.

번역을 끝내고

김 상 호

　대만에서 중국문학을 전공한지 여러 해가 되었다. 『徐志摩硏究』로 석사학위를 취득하고 나서 계속 대만현대시 쪽에 시선을 돌려 박사과정도 끝냈다. 그동안 사귄 분들이 시인들이다보니 그리된 것같다. 異國에서 그런대로 마음의 의지가 되고 대만 현대시연구에 길잡이가 되어준 천치엔우(陳千武) 선생은 나의 부친(金光林)과는 20년래의 교분이 있는 분이다. 『아시아 현대시집』 <아시아 시인회의>의 주역들인 것은 세상에 알려져 있다.

　지난 90년대 초부터 이웃나라 일본의 시인이자 중국문학자인 아키요시(秋吉久紀夫)씨가 현대중국의 대표시인들의 시집을 씨리즈로 엮고 있는 것을 보고 크게 충격받은 일이 있다. 앞으로 내가 우리나라에서 할 일이 이런 것이 아닌가 싶어서였다.

　이때 나온 『陳千武詩集』('93 土曜美術社刊)에 수

록된 115편의 작품 중 原詩를 뒤져서 試譯한 50편
등이 이 시집에 수록되어 있음을 밝혀둔다.

1996년 4월 高雄(臺湾)에서

= 시인의 연보 =

陳千武(Chen, Chien-Wu)·본명 陳武雄·号桓夫. 1922년 5월 1일 臺灣中部南投縣 名間鄕弓鞋에서 태어나다. 일본통치시기에 태만의 명문 臺中第一中學 졸업. 臺灣특별지원병으로 일본군에 참가. 포루투갈領 티모르 전선에 파견됨. 전후 인도네시아 독립전쟁에 참가. 1946년 7월 臺湾으로 돌아온 후 林務局大申管理所 근무. 후에 臺中市立 文化센터 主任. 博物館長을 역임. 퇴직후 臺湾펜클럽 會長. 臺湾兒童文學協會 理事長 등. 「臺湾文藝」「文學臺湾」 顧問. 1964년 「笠詩誌」를 창간하여 그 主宰者의 한 사람으로 활약. 「아시아 現代詩集」 편집에 참여. 아시아 詩人會議臺湾大會長, 靜宜大學에서 臺湾現代詩 보급 및 향상에 노력하고 있음.

옮긴이 김 상 호

　　1961년 서울 태생. 경기대학교 중문학과 졸업. 대만 봉갑(逢甲)대학
교 중국문학대학원 석사 졸업. 대만국립중산(中山)대학교 중국문학대학원
박사과정 수료. 논문으로는『徐志摩詩研究』와 다수의 단편 논문 및 번역
작품 등이 있음.
　　경기대학교 중문학과 강사를 거쳐 현재는 대만 봉갑대학교 중문학과
강사 재직중.

파파야 꽃이 피었다　　정가 : 4,000원

초판 인쇄 / 1996년 5월 15일
초판 발행 / 1996년 5월 25일
글쓴이 / 천치엔우
옮긴이 / 김 상 호
펴낸이 / 최 석 로
펴낸곳 / 서 문 당
주소 / 서울시 마포구 성산1동 20-12호
전화 / 322-4916~8 팩스 / 322-9154
등록 일자 / 1973. 10. 10
등록 번호 / 제13-16

* 잘못된 책은 바꾸어 드립니다